हवलदार बहादुर और भगोड़ा कैदी

चित्रांकन
बेदी

लेखक
विनय प्रभाकर

पुनः रंगसज्जा
रुद्राक्ष

ठीक है, ठीक है, लेकिन पण्डितजी का प्रबन्ध तुम्हें ही करना है। आजकल शादियों का सीजन है और शादी कराने के लिए पण्डितों का अकाल पड़ गया है।
तो मैं कहां से लाऊंगा पण्डित?
तुम पुलिस हवलदार हो। भला तुम्हारी साली की शादी कराने से कौन पंडित इंकार कर सकता है?
अच्छा ठीक है, कर दूंगा पण्डित का इन्तजाम!
कहकर वह बाहर निकल गया।
सड़क पर आते ही–
फूं...फूं..।
धाड़
हाय रे, मर गया। उस कम्बख्त ने पीछे से आवाज दी थी। कुछ न कुछ तो होना ही था।
चोट तो नहीं लगी हवलदार साहब? मैं अपने बैल की तरफ से माफी मांगता हूं।
POST OFFICE
तेरा बैल?

ओय, वह बैल तेरा था। हवालात में बन्द करके सड़ा दूंगा साले। हाथ आ गया तो दुम उखाड़ दूंगा मैं।
जाने दो हवलदार जी! जानवर था, टक्कर मार गया, वरना आपके निकट से तो आदमी भी गुजरना पसन्द नहीं करता।
क्या मतलब? अबे कह क्या रहा है तू। साले हवालात में बंद करके सड़ा दूंगा।
आप गलत समझ रहे हैं। मेरा मतलब था कि पुलिस हवलदार के निकट से भला कौन गुजर सकता है।
अगर मुझे ड्यूटी पर जाने की जल्दी न होती तो मैं तुझे बैल की दुम से बांधकर इतना दौड़ाता कि छकड़ी भूल जाता साले। चल भाग जा यहां से।
अच्छा जी!
हवलदार क्रोध में भन्नाते हुए थाने के निकट पहुंचा।
आंय! यह लोग कहीं रेड करने जा रहे हैं।
थाना
हवलदार बहादुर ने इंस्पेक्टर खड्गसिंह की ओर दौड़ लगाई।
सर.... सुनिये सर!
लेकिन निकट पहुंचकर वह खुद को रोक नहीं सके।
धाड़
उफ!
उल्लू का पट्ठा।

बावले बैल की तरह क्यों दौड़ रहे थे तुम ?
सर... आप... आप कहीं रेड़ करने जा रहे हैं, मैं भी साथ चलूंगा।
हरगिज नहीं, हम जिन बदमाशों को पकड़ने जा रहे हैं, वह बहुत खतरनाक हैं।
मैं भी बहुत खतरनाक हूं सर। हवालात में बन्द करके सड़ा दूंगा सालों को।
बकवास बंद करो और अन्दर जाकर अपने डेस्क पर बैठो।
यह गुरुघंटाल पता नहीं किस दिन मेरी योग्यताओं को समझेगा। भगवान् करे इसको भी बैल टक्कर मार दे, पेट फूट जाये इसका।
पुलिस जीप उस वीरान खण्डहर की ओर दौड़ी जा रही थी, जहां पांच-छः बदमाशों के होने की सूचना मिली थी। खण्डहर के निकट जैसे ही जीप रुकी-
धांयं
तड़ाक

धांय
बच गया साला।
सिपाहियों ने जीप से उतरकर पोजीशन लेली।
कोशिश करना कि गोली से बदमाश सिर्फ घायल हो, मरे नहीं।
सर, वहां एक ट्रक भी खड़ा है।
बदमाश ट्रक में भागने ना पायें।
तभी—
धांय
धांय
रेट... रेट... रेट।
पुलिस ने भी फायरिंग का उत्तर दिया।
मैं ट्रक के निकट पहुंचने की कोशिश करता हूं।
इंस्पेक्टर ने ट्रक के निकट पहुंचकर पोजीशन ले ली।

बदमाशों ने धुएं का बम पुलिस दल की ओर फेंका।
दो बम और आकर गिरे।
उफ!
ओह!
धुएं ने पूरे खण्डहर को छुपा लिया था।
ओह, कुछ दिखाई नहीं दे रहा है।
और जब आंखें थोड़ा देखने योग्य हुईं।
ओह, बदमाश ट्रक में भाग रहे हैं।
ओह, धुएं के कारण निशाना नहीं लग रहा है।
धांय
बदमाश ट्रक में सवार हो गये।
उन्हें रोकना होगा।

ट्रक बाहर जाने के लिए घूमा।
इंस्पेक्टर ने छलांग लगाई और ट्रक के साथ लटकते बदमाश की टांग पकड़ ली।
उफ!
घबराहट में बदमाश की पकड़ ट्रक पर से छूट गई।
उफ!
बदमाश ने पलटकर इंस्पेक्टर के चेहरे पर लात मारी...
धाड़
...और अपनी टांग छुड़ाने में सफल हो गया।
अब भागने नहीं दूंगा।
उफ!

ढिशुम
आह!
ढिशुम
उफ!
तड़ाक
आह!
वह ट्रक में भाग गये सर!
इस बदमाश को पकड़ लिया है। इसे हथकड़ी लगाओ।

पकड़े गये बदमाश का नाम विक्रमसिंह था। थाने पहुंचकर उसे हवालात में बंद कर दिया गया।
इस पर कड़ी नजर रखना हवलदार बहादुर। यह बहुत खतरनाक अपराधी है।
कितना ही खतरनाक हो सर, लेकिन हवलदार बहादुर के खड़पच्चे से नहीं निकल सकता।
यह खड़पच्चा क्या होता है?
खड़पच्चा, खड़पच्चा होता है साहब! मतलब तो मुझे भी नहीं पता। यह शब्द मैंने एक बढ़ई के मुख से सुना था। मुझे बहुत अच्छा लगा इसलिए...!
ठीक है-ठीक है। कल सुबह तक तुम इस बदमाश को अपने खड़पच्चे में फंसाये रखो। सुबह इसे कोर्ट ले जाकर मजिस्ट्रेट के सामने पेश करना है।
कहकर इंस्पेक्टर अपने कमरे में चला गया।
हवलदार बहादुर ने हवालात के दरवाजे के निकट अपना स्टूल डाला और बैठ गया।
कोई गड़बड़ करने की कोशिश न करना। वरना जेल में सड़ा दूंगा साले।
यह हवलदार काफी मूर्ख लगता है।

कुछ देर बाद–
चल!
कहां चलूं मेरी अनारकली?
कौन है यह?
मैं शहजादा सलीम हूं आलम पनाह। मेरी अनारकली कहा है?
हा-हा-हा! यह साला शराबी है। सड़क पर हंगामा कर रहा था। मैं पकड़ लाया।
तो मैं अभी इसका नशा उतारता हूं। हवालात में बंद करके सड़ा दूंगा साले को।
चल बे अन्दर।
धक्का तो ना मार जालिम।
आलम पनाह, आपकी मूंछें बहुत शानदार हैं। आधी मुझे देंगे?

अबे ओ आलम पनाह के बच्चे। अन्दर आकर इतने ठुड्डे लगाऊंगा कि तेरे गोडे बेकार हो जायेंगे। उधर जाकर चुपचाप बैठ जा।
ही-ही-ही!
फिर शराबी विक्रम के निकट जाकर बैठ गया।
इस साले शराबी को छोड़ूंगा नहीं। मेरी मूंछ मांग रहा था।
कुछ देर बाद हवलदार बहादुर ने ऊंघना शुरू कर दिया था। और वह शराबी दबे स्वर में विक्रम से कुछ कह रहा था।
विक्रम के चेहरे पर चमक उभर आई थी।
अगली सुबह विक्रमसिंह को कोर्ट ले जाया गया।
तीस हजारी कोर्ट
इसे यहां बिठाओ हवलदार, मैं अभी आता हूं।
जी साहब।
S.S. SALUJA

कुछ देर बाद —
मुझे टायलेट जाना है हवलदार।
नहीं जा सकता। तू इस वक्त हिरासत में है।
मजाक न करो हवलदार। मुझे टायलेट ले चलो, वरना मैं यहीं पर...।
अबे ओय, खबरदार! यहां कोई बदतमीजी की तो।
क्या बात है हवलदार?
मुझे टायलेट जाना है।
इसे ले जाओ हवलदार, लेकिन हथकड़ी न खोलना इसकी।
ठीक है साहब!
टायलेट कॉरीडोर के अन्त में एक मोड़ घूमने के बाद था।
मुझे तुमसे एक जरूरी बात करनी है हवलदार।

क्या बात है?
यह बात मैंने तुम्हारे इंस्पेक्टर साहब को नहीं बताई है। दरअसल में एक सी. आई. डी ऑफिसर हूं।
सी. आई. डी आफिसर?
हां! मैं एक विशेष कारण से बदमाशों के गिरोह में शामिल हुआ था। मुझे उनके सरदार को गिरफ्तार करना है, लेकिन उससे पहले ही पुलिस ने मुझे अनजाने में गिरफ्तार कर लिया।
तो यह बात तुमने इंस्पेक्टर खड्गसिंह को क्यों नहीं बताई?
इसकी एक खास वजह है। मैं फिर से उन बदमाशों के बीच जाना चाहता हूं। इंस्पेक्टर को सच्चाई बता देता तो मेरा राज खुल जाता, जबकि मैं चाहता हूं कि बदमाश यह समझें कि मैं जेल से भागकर आया हूं।
तभी-
सर! मैं सी. आई. डी. चीफ से आपकी रिहाई का लेटर ले आया हूं।
कौन हो तुम?
मैं सी. आई. डी. चीफ का सेक्रेटरी हूं। और मिस्टर विक्रम की रिहाई का लेटर लेकर आया हूं। यह देखो।

खत पर मोहर तो सरकारी ही है।
अब तुम जल्दी से मेरी हथकड़ी खोल दो हवलदार।
लेकिन...।
लेकिन को छोड़ो। मेरी रिहाई का खत तुम्हारे हाथ में है। मेरे जाने के बाद तुम यह खत इंस्पेक्टर को दिखा देना। और हां, मेरी सहायता करने के लिये सी. आई. डी. डिपार्टमेंट से मैं तुम्हें पुरस्कृत भी कराऊंगा...
...हो सकता है, तुम्हें सी. आई. डी. में ही ले लिया जाए।
सी. आई. डी. में जाने के विचार से हवलदार खुश हो गये।
ठीक है। मैं आपको छोड़ देता हूं।
गुड!
अच्छा हवलदार, हम चलते हैं। तुम अपने इंस्पेक्टर को खत दिखाकर समझा देना।
समझा दूंगा जी।
वह दोनों तेज़ चलते हुए इमारत से बाहर निकले और कार में सवार होकर रवाना हो गये।
उधर इंस्पेक्टर खड़गसिंह हवलदार बहादुर को अकेले देखकर उछल पड़ा।
वह बदमाश कहां है?
वह बदमाश नहीं था सर!

क्या मतलब?
मिस्टर विक्रम सी. आई. डी. आफिसर थे सर!
खड़गसिंह को उन्होंने पूरी बात बताई।
गधे, नालायक, वह तुम्हें उल्लू बना गया। यह खत तो जाली है। तुमने एक अपराधी को छोड़ दिया है।
लेकिन सर...।
शटअप। इस बार मैं तुम्हें नहीं छोड़ूंगा। सस्पेंड करा दूंगा।
माफी साहब! गलती हो गई।
शाम को हवलदार घर पहुंचे तो उनकी हवा निकली हुई थी।
क्या हुआ? मुंह क्यों लटका हुआ है?
मैं सस्पेण्ड कर दिया गया हूं भागवान।
चलो अच्छा हुआ। अब तुम मेरी बहन की शादी के प्रबन्ध में ठीक से हाथ बटा सकोगे।
भाड़ में गई तेरी बहन। मेरी नौकरी जा रही है और तू खुश हो रही है।

लेकिन पत्नी का आदेश टालने का साहस हवलदार बहादुर में नहीं था। अगली सुबह वह शादी के लिए पण्डित जी की तलाश में निकले।
एक पण्डितजी तो यहां रहते हैं।
खट... खट...
कौन हो जी तुम?
मैं हवलदार बहादुर हूं और पण्डितजी...
लड़के ने बात काटी।
पण्डित जी को गिरफ्तार करने आये हो। लेकिन उन्हें तो कुछ देर पहले पुलिस पकड़कर ले गई है।
पुलिस, लेकिन क्यों?
उन्होंने एक घोटाले वाली शादी करा दी थी। कन्या के पिता ने उन्हें अन्दर करा दिया।
यह तो बहुत बुरा हुआ।
उत्तर देने के बाद लड़के ने दरवाजा बंद कर लिया था।
हवलदार बहादुर ने एक दूसरे पण्डित का दरवाजा खटखटाया।
क्या बात है?
पण्डित हरिप्रसाद यहीं रहते हैं?

यहां नहीं रहते तो क्या तुम्हारे घर में रहते हैं?
म... मेरा मतलब है, मुझे उनसे मिलना है।
नहीं मिल सकते, क्योंकि वह हरिद्वार गये हुए हैं। मुझसे कोई काम हो तो बताओ। मैं उनका पुत्र हूं।
तुम क्या कर सकते हो?
मैं तुम्हें कुश्ती लड़ना सिखा सकता हूं। इस क्षेत्र में मुझसे बड़ा पहलवान नहीं है।
कुश्ती लड़नी तो मुझे आती है।
अरे, तो पहले क्यों नहीं बताया था। आओ, हो जाये एक पकड़।
और फिर–
ओय, यह क्या कर रहा है?

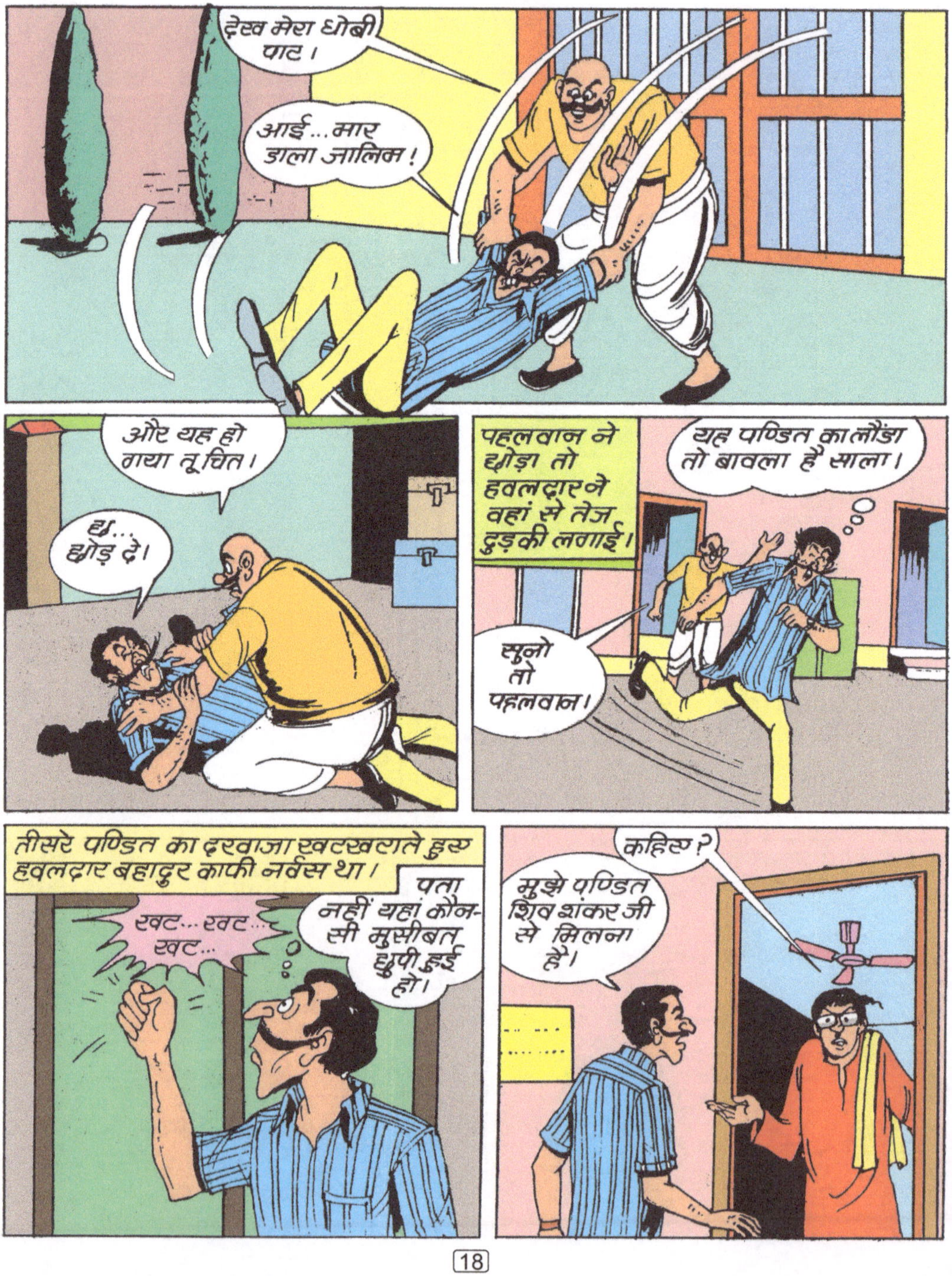
देख मेरा धोबी पाट।
आई... मार डाला जालिम!
और यह हो गया तू चित।
छ... छोड़ दे।
पहलवान ने छोड़ा तो हवलदार ने वहां से तेज दुड़की लगाई।
यह पण्डित का लौंडा तो बावला है साला।
सुनो तो पहलवान।
तीसरे पण्डित का दरवाजा खटखटाते हुए हवलदार बहादुर काफी नर्वस था।
खट... खट... खट...
पता नहीं यहां कौन-सी मुसीबत छुपी हुई हो।
कहिए?
मुझे पण्डित शिव शंकर जी से मिलना है।

मैं ही हूं, भीतर आ जाइये।
शुक्र है भगवान का। एक पण्डित से तो भेंट हुई।
पण्डितजी ने उन्हें लाकर बैठक में बिठाया।
क्या सेवा कर सकता हूँ श्रीमान?
एक शादी करा दीजिए पण्डित जी!
आपकी शादी?
अरे नहीं। ही-ही-ही! यह आप क्या कह रहे हैं। ही-ही-ही!
आप तो बहुत शर्मीले हैं। खैर, बताइये किसकी शादी करानी है?
जी, कल शाम मेरी साली की शादी है।
कल। हरगिज नहीं, कल मैं कोई शादी-नहीं करा सकता।
क्यों नहीं करा सकते?

ही-ही-ही! बात यह है, ही-ही-ही! मतलब यह कि कल खुद मेरी शादी है।
उल्लू का पट्ठा। इसे कल ही शादी करना जरूरी था।
चौथी जगह आखिर सफलता मिल ही गई।
ठीक है श्रीमान्! मैं कल आपकी साली की शादी करा दूंगा। लेकिन एक शर्त है।
शर्त?
हां। और वह यह कि आप खुद आकर रिक्शा में मुझे लेकर जायेंगे। मुझसे पैदल नहीं चला जाता।
ठीक है जी। आठ बजे शादी है। लेकिन मैं आपको पांच बजे ही आकर ले जाऊंगा।
कुछ देर बाद घर में—
अरी ओ भागवान! मैं पण्डित जी का प्रबन्ध कर आया हूं।
ठीक है-ठीक है। मैं तो कल सुबह ही अपने मायके चली जाऊंगी। तुम शाम को पण्डितजी के साथ पहुंच जाना। कोई गड़बड़ नहीं होनी चाहिए। समझे?
उसी रात शहर में कुछ बदमाश सक्रिय थे।
कुछ देर बाद वह अपनी कार में इधर से गुजरेगी।

पक्की खबर है ना?
बिलकुल पक्की। वह इस समय मिलन सिनेमा में छः बजे वाला शो देख रही है। शो समाप्त होने में कुछ ही देर बाकी है। वह घर जाने के लिये इधर से ही गुजरेगी।
कुछ देर बाद—
वह आ गई। मैं उसकी ओपन कार को पहचानता हूं।
ड्राइविंग सीट पर बैठे बदमाश ने जीप स्टार्ट की और—
चर्र... चर्र...!
धाड़
यू फूल। क्या तुम अंधे हो?
अंधे होते तो तुम्हें पहचानते कैसे मिस मालती चोपड़ा। हम तो आपको अपने साथ ले जाना चाहते हैं।

खतरा भांपकर लड़की कार से उतरकर भागी।
पकड़ो उसे।
गुण्डों ने उसे दबोच लिया।
छोड़ दो।
सुबह के अखबार में खबर छपी।
मनोजटाइम्स
मशहूर उद्योगपति धीरेन्द्र चोपड़ा की सुपुत्री का अपहरण। कल रात रिंग रोड से कुमारी मालती चोपड़ा का अपहरण कर लिया गया है। उनके पिता श्री धीरेन्द्र चोपड़ा ऊंची पहुंच रखते हैं। शहर की सारी पुलिस कुमारी मालती की तलाश में लगी हुई है। लेकिन यह खबर छपने तक कोई सुराग नहीं मिल सका है।
हवलदार बहादुर ने भी अखबार में यह खबर पढ़ी।
ऊंह। कहते हैं पूरे शहर की पुलिस तलाश में लगी हुई है। अरे, हमें तो सस्पेण्ड करके घर में बिठा रखा है। अगर हम ड्यूटी पर होते तो उस लौंडिया को चुटकी बजाते ढूंढ निकालते।
शाम चार बजे हवलदार बहादुर अपनी साली की शादी में जाने के लिए तैयार हुआ।
पण्डितजी को साथ लेकर चलना होगा।

पण्डित जी अपना पोथी-पत्रा उठाये तैयार थे।
रिक्शा नहीं लाये भाई?
बाहर सड़क से रिक्शा ले लेंगे पण्डित जी।
कुछ क्षण बाद मुख्य सड़क पर वह रिक्शा की प्रतीक्षा में खड़े थे।
यहां रिक्शा बड़ी मुश्किल से मिलता है।
तभी-
तुम पण्डित नन्दलाल शास्त्री?
हां!
हम तुम्हें ही लेने आये हैं। एक शादी करानी है। जल्दी से कार में बैठ जाओ।
तुम किसी और पण्डित के पास जाओ भाई। यह तुम्हारे साथ नहीं जा सकते।
यह हमारे साथ ही जायेंगे।
य... यह क्या है?
अरे बाप रे!

तुम शायद पण्डित के चेले हो। चलो, तुम भी कार में बैठो, वरना दोनों को गोली मार दूंगा।
पता नहीं यह बदमाश क्या चाहते हैं। लेकिन अगर इन्हें पता चल गया कि मैं हवलदार हूं तो यह मुझे मार डालेंगे। चुप रहना ही बेहतर है।
कुछ देर बाद कार एकान्त में बनी एक कोठी के पोर्च में जाकर रुकी। उन्हें कार से उतारकर कोठी के भीतर एक हॉल में ले जाया गया।
लो अशोक बाबू, पण्डित जी आ गये हैं। अब फटाफट शादी कर डालो।
य...यह सब क्या है श्रीमान? हमें यहां क्यों पकड़कर लाया गया है?
तुम्हें हमारी शादी करानी है पण्डित जी। शादी जरा घोटाले वाली है, लेकिन इस काम के लिए मैं तुम्हें पांच हजार रुपये दूंगा।

लेकिन घोटाले से आपका क्या अर्थ है श्रीमान ?
अर्थ यह है कि कन्या शादी के लिए राजी नहीं है। फेरे जबरदस्ती कराने होंगे।
यह हमसे नहीं होगा श्रीमान।
गोली मार दूंगा पण्डित।
पण्डित जी ऐसे भयभीत हुए कि धड़ाम से फर्श पर गिरे।
अरे, यह तो भय से बेहोश हो गया है।
तो इसे होश में लाओ। शादी तुरन्त ही हो जानी चाहिए।
शादी तो पण्डित का यह चेला भी करा सकता है। तुम मिस मालती को लाओ अशोक बाबू।
मिस मालती? क्या यह मालती चोपड़ा की बात कर रहे हैं, जिनका रात अपहरण हुआ है।
और जब मालती को वहां लाया गया।
यह वही है।
और हवलदार बहादुर का दिमाग तेजी से काम करने लगा।

श्रीमान्! मैं आपकी शादी इस कन्या से करा दूंगा, लेकिन इस काम के लिए आपको पांच नहीं, बल्कि दस हजार रुपये देने होंगे।
ठीक है पण्डित! दस हजार ले लेना, लेकिन शादी जल्दी कराओ।
क्या तुम इसे सचमुच मंत्र से राजी कर सकते हो?
पहले मुझे अपने मंत्र से इस कन्या को शादी के लिए राजी करना होगा, क्योंकि इसकी असहमति रही तो विवाह अमान्य होगा।
हां, मंत्र में बड़ी शक्ति होती है साहब! आप देखना कि कुछ देर बाद यह कन्या स्वयं चलकर मण्डप तक आयेगी।
ठीक है। तो फिर पढ़ो मंत्र।
यहां नहीं। इस काम के लिये मुझे एकान्त चाहिए। इस कोठी में तो बहुत कमरे होंगे?
हां, पांच कमरे हैं।
तो मुझे वह सब दिखाओ। मेरे काम के लिये जो कमरा उपयुक्त होगा, मैं वहीं अपना मंत्र जाप करूंगा।

हवलदार बहादुर ने ऐसा कमरा पसन्द किया, जिसमें फोन था।
यह कमरा ठीक रहेगा। तुम कन्या को यहां ले आओ।
अभी लाता हूं।
अशोक जाकर मालती को ले आया।
कन्या को बिस्तर पर लिटा दो और तुम बाहर चले जाओ।
मैं यहीं रहूंगा पण्डित जी!
नहीं, मंत्र पढ़े जाने के दौरान इस कमरे में कोई नहीं रहना चाहिए। तुम दरवाजे के बाहर खड़े रह सकते हो।
ठीक है, लेकिन अपने मंत्र जरा जल्दी खत्म करना।
मालती को बिस्तर पर लिटाकर अशोक बाहर चला गया।
हवलदार बहादुर ने भीतर से दरवाजा बन्द किया और मालती की ओर बढ़ा।
ऊं...ऊं...।
श्री... ई... ई...।
फिर मालती के कान में उन्होंने कहा—
मैं आपकी सहायता करना चाहता हूं मिस मालती। मैं आपके बंधन खोल रहा हूं। प्लीज, मुंह से कोई आवाज न निकालिये।

उन्होंने मालती के बंधन खोल दिये।
आप कौन हैं?
आप मुझे नहीं जानती। लेकिन मैंने आपको पहचान लिया है। यह कौन व्यक्ति है, जो आपसे शादी करना चाहता है?
वह हमारे मैनेजर का बेटा अशोक है। उसने मेरा अपहरण पापा की दौलत पर कब्जा करने के लिए किया है, ताकि मुझसे शादी करके हमारी दौलत का मालिक बन जाये।
और जहां आप कैद हैं, यह कौन-सी जगह है?
यह हमारी ही कोठी है, लेकिन अक्सर बंद पड़ी रहती है। भला कौन सोच सकता है कि मैं अपनी ही कोठी में कैद हूं।
तो अब आप उठकर अपने पापा को फोन कीजिए और कहिए कि पुलिस लेकर तुरन्त यहां पहुंचे।
मालती उठकर फोन करने लगी और हवलदार बहादुर ऊंचे स्वर में अनाप-शनाप मंत्र पढ़ने लगा।
जय काली कलकत्ते वाली। कन्या को कर दे राजी।

तभी दरवाजे पर दस्तक हुई।
पण्डित जी! दरवाजा खोलिये। क्या कर रहे हैं आप?
पाँच मिनट और प्रतीक्षा करो श्रीमान!
इस बीच मालती ने फोन पर अपने पिता को सूचना दे दी थी।
पापा आ रहे हैं।
गुड! अब मैं आपको फिर से पहले की तरह बांध देता हूं।
मालती को बांधकर बिस्तर पर लिटाने के बाद उन्होंने दरवाजा खोल दिया।
बहुत देर लगा दी पण्डित जी!
हां, लेकिन कन्या शादी के लिए राजी हो गई है।
अशोक ने निकट जाकर मालती के मुंह से टेप उतारा।
क्या पण्डित जी ठीक कह रहे हैं मालती?
हां अशोक! मैं तुमसे शादी करने के लिए तैयार हूं, मगर...!
मगर क्या? बोलो मालती!
मैं दुल्हन बनना चाहती हूं। मेरे लिए शादी का जोड़ा और मेकअप का सामान मंगा दो।

अभी मंगाता हूं। तुम इतने में नहाकर तैयार हो जाओ।
आइये पण्डित जी! हम बाहर चलते हैं।
बाहर हॉल में—
दो आदमी गाड़ी लेकर जाओ और शादी का बेहतरीन जोड़ा खरीदकर ले आओ। लेकिन जल्दी।
अभी ले आते हैं।
अब तक असली पण्डित जी को होश आ चुका था और वह सहमे हुए बैठे थे।
आपने तो कमाल कर दिखाया पण्डित जी! मैं आपको मालामाल कर दूंगा।
यह श्रीमान् पण्डित कैसे हो गये?
तभी—
हैलो बॉस, अब तक तो आपकी शादी हो चुकी होगी।
मर गये। यह कहां से आ गया?
हवलदार पर नज़र पड़ते ही वह चौंक गया।
अरे, हवलदार तुम यहां?
हवलदार? लेकिन यह तो शादी कराने वाला पण्डित है।
तुम धोखा खा गये बॉस! यह वही हवलदार है, जिसे मैं धोखा देकर भाग आया था।

हवलदार कुछ कहता इससे पहले ही बाहर से गोलियों के धमाके सुनाई दिये।
यह क्या हो रहा है?
धांय
धांय
आपके बाराती आ पहुंचे हैं अशोक बाबू!
गोलियों की आवाजें सुनते ही मालती ने अपने कमरे का दरवाजा भीतर से बन्द कर लिया था।
सेठ धीरेन्द्र चोपड़ा पुलिस का भारी दल लेकर आये थे।
फौरन अपनी-अपनी पोजीशन ले लो।
बदमाश पुलिस का मुकाबला नहीं कर सके और सब गिरफ्तार कर लिये गये।

पापा!
मेरी बच्ची!
इंस्पेक्टर खड़गसिंह हवलदार बहादुर को देखकर हैरान था।
तुम यहां?
इन्होंने ही तो मुझे बचाया है। पापा, इन्हें बहुत बड़ा इनाम मिलना चाहिए।
सर! यह बदमाशों का वही गिरोह है, जिसे आप गिरफ्तार नहीं कर पाये थे। लेकिन मैंने उस भगोड़े विक्रम को और इस पूरे गिरोह को गिरफ्तार करा दिया है। अब शेष बातें मैं आपको तब बताऊंगा, जब आप मेरी मुअत्तली के आर्डर कैंसिल करा देंगे
आइये पण्डित जी, हम चलते हैं। मेरी पत्नी इन्तजार कर रही होगी।
आज फिर तुक्का लग गया।
इंस्पेक्टर खड़गसिंह को हैरान छोड़कर हवलदार बहादुर पण्डित जी के साथ रवाना हो गए।
-जितेंद्र बेदी

समाप्त